PERFECTION HOME

理想家

高松 主编

客厅

中国电力出版社
www.cepp.com.cn

前言　FORWORD

● 《理想家》系列丛书总结了近年来室内设计实景类图书的成功之处，并进一步结合现有流行趋势，精选了从事装饰行业多年、具有丰富经验的设计师的经典之作。这些精彩、独特的设计使人们的家居环境更加理想化、舒适化。本书不但是即将装修的广大业主的优秀参考范本，同时对从事室内设计行业或准备从事室内设计行业的设计师也具有很高的参考价值。

● 编者精选了时下流行的室内装饰设计方案，以最直观的实景图片形式来展现不同功能空间的不同设计风格。本丛书的内容选自全国各大城市资深室内设计师的成功案例，与效果图相比具有更高的参考价值。编者根据装修行业的特点和近年来同类畅销图书的特点，将本丛书按照应用空间分类，使之更加适合社会广大读者的需求。

● 本丛书除图片外，还配有从色彩、陈设等方面进行分析的详细讲解，并辅以提升空间氛围的装修知识，带给读者全新的意境和感受。

● 本分册精选走在潮流尖端的客厅案例，以各个不同角度的实景图片演示了案例成功之处，对案例中的工艺做法和主要材料做了详细标注，使装修内容更加明了和直观。同时附带提升客厅氛围的装修知识小贴士，给读者更明确的装修指导。

● 本套丛书的编著得到了众多国内优秀设计师的鼎力支持，再次向他们表示衷心的感谢！

TIPS: 客厅色彩的设计

　　就客厅的色调来说，人们通常喜欢选用较淡雅或偏冷的颜色。面南的居室有充足的日光照射，可采用偏冷的色调，朝北居室则可以选用偏暖的色调。

　　需要注意的是选择客厅色彩的时候应有一个基调，采用什么色彩作为基调，应以主人的爱好作为基点。局部可选用对比色或色差较大的颜色来作为空间的亮点。总之，客厅的色彩要做到让人感觉舒适、亲切、丰富、充实。

石膏雕花板　　　车边菱形水银镜装饰　　　　　　　水银镜装饰

八厘透明玻璃隔断　　　　　　　　　　　五厘绿玻璃饰面

----黄色花纹壁纸　　　　----大芯板造型柚木木纹饰面　　　　----白色乳胶漆饰面

----石膏板条拼花白色喷涂　　　　----黑底白条地毯

黑白格地毯   大芯板造型白混油饰曲

长绒地毯   水银镜

TIPS: 客厅装饰之清新淡雅风格

　　此种风格的客厅色调宜浅淡清爽，忌繁杂的吊顶、壁饰、墙裙，过于华丽的包门与花里胡哨的地砖、摆设等过度装修也不适宜，最好不要大量选用黑、棕、黄、深紫等深色调的家具和饰物，壁饰可以选择宁静淡雅的装饰画。

┈┈└─ 石膏板造型　　　　　┈┈└─ 蓝灰色乳胶漆　　　┈┈└─ 淡藕荷色乳胶漆饰面　　　┈┈└─ 石膏板造型白乳胶漆饰

┈┈└─ 金色艺术装饰　　　　┈┈└─ 石膏造型板　　　　　　　　┈┈└─ 乳白色玻化砖

┗---枫木饰面板 ┗---大花绿大理石 ┗---浅咖网大理石

┗---土黄色竹纹壁纸 ┗---乳白色地毯

TIPS：客厅装饰之个性风格

以油画、浮雕、假山、人造喷泉、骨饰（牛、羊头角骨等）之类具有独特个性的装饰来强化客厅的个性风格，配以奇石、奇木、奇花、奇鱼，或如流苏般的吊兰、伏菊、伏柏等特色植物，但注意要搭配的恰到好处，切忌过于杂乱无章。

- - - 白色点纹壁纸　　　- - - 文化石　　　　- - - 宽框装饰画组　　　- - - 暗藏灯槽

- - - 水曲柳饰面板　　　　- - - 爵士米黄大理石

----- 大芯板造型白混油饰面   ----- 黑色乳胶漆饰面

----- 冰裂纹玻璃   ----- 白色玻化砖   ----- 棕色系大花地毯

---- 文化石

---- 石膏板造型米黄色乳胶漆饰面

---- 米黄色壁纸

---- 拼花地砖

米色乳胶漆饰面 ----------

装饰画组 ----------

园风格布艺沙发 ----------

TIPS: 客厅植物不宜多

　　客厅配置植物首先应着眼于装饰美，数量不宜过多，太多不仅显得杂乱，而且植物生长也不好。植物的选择应注意中、小型品种相搭配。避免客厅内植物大大小小搭配得过于杂乱，摆放起来也不要过于散乱无章。

　　谨慎利用植物可使室内环境得到改观，如摆放吊篮与蔓垂性植物可以使过高的房间显得低些；较低矮的房间则可摆放形态整齐、笔直生长的植物，使室内看起来高些；叶小、枝条呈拱形伸展的植物可使窄小的房间显得比实际面积更宽。

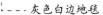
---- 灰色白边地毯

---- 灰色乳胶漆饰面　　---- 大花白大理石

--- 大芯板造型白混油饰面　　　--- 黄色暗藏灯槽　　　--- 白色长毛地毯

--- 硬松木实木条　　　--- 京剧脸谱装饰　　　--- 青石板

TIPS：客厅风格之古典韵味

　　古典风格并非只能用庄重的颜色来表现，在黑色、咖啡色之中，用米色和白色这样的色彩元素来点缀，既保留了古朴的风韵，整个客厅也会变得典雅、明快。白色或者米色外罩的棉质沙发、脚蹬、块毯等都可以用在古典味道的客厅中，还可以根据季节适当地变换表面材质的颜色，操作非常方便。

└--- 大芯板造型白混油饰面　　　　　└--- 灰色压纹地毯　　　　└--- 石膏板造型暗藏灯槽

└--- 抽象装饰画　　　　　　　　　　　　　　　　└--- 橡木木纹饰面板

竹制百叶帘

爵士白大理石柱

金黄色壁纸

胡桃木实木条

橡木木纹饰面板

灰色大花地毯

新西米黄大理石

暗藏灯槽

淡蓝色大花壁纸

深绿色暗纹壁纸

浅棕色花纹壁纸

土黄色暗纹壁纸

水晶胡桃木地板

黄色乳胶漆饰面 - - - - - - - - - - - - - - - - - - -

米灰色地毯 - - - - - - - - -

黑色地砖勾白缝 - - - - - - - - -

石膏板造型二级吊顶 - - - - - - - - -

枫木木纹饰面板 - - - - - - - - - - - - - - - - - -

樱桃木实木地板 - - - - - - - - -

抽象装饰画

胡桃木实木地板

白色长毛圆形地毯

TIPS：客厅风格之简洁现代

现代风格客厅的代表元素通常是"简洁"，最简洁的色彩莫过于白色，白色的墙壁，以及白色调的现代感强烈的陈设品，再搭配上绿色的植物，以及起到画龙点睛效果的自然材质家具，简洁明快的现代风格客厅就会自然地呈现出来。无论是皮革材质还是布艺的沙发，都要选择简洁的造型，可以搭配色调纯净的浅色地毯或凹凸暗纹地毯，金属的立式台灯也是不可缺少的装饰。

深灰色乳胶漆饰面

大芯板造型暗藏灯槽

┕--- 深棕色花纹地毯　　┕--- 大花白大理石　　┕--- 实木彩绘屏风　　┕--- 柚木木纹饰面

┕--- 长绒地毯　　　　┕--- 浅绿色乳胶漆饰面　　┕--- 条纹壁纸

石膏板造型

红色烤漆玻璃饰面

条纹壁纸玻璃饰面

暗藏灯槽

水墨抽象画

米黄色玻化砖

1. 色彩鲜艳、质感华丽的织物能提升聚会气氛，可根据需要使用各式的靠垫。

2. 缤纷的色彩配上优雅的鲜花最能体现主人的品位，将其点缀在餐桌、酒柜、茶几上，会为喧闹的气氛平添上几分恬静和生机。

3. 一盆色彩缤纷的水果是聚会空间最好的点缀。美酒与纤细的高脚玻璃杯是不可缺少的组合，觥筹交错间，宾朋尽欢。

- - - 淡青色暗纹壁纸　　　　　　- - - 硬松木实木条

- - - 橡木木纹饰面板　　　　　- - - 抽象装饰画　　　　　- - - 灰色长毛地毯

大芯板造型
灰色铝塑板饰面

黄色长毛地毯

硬松木实木条

煅烧水泥板

柚木实木地板

文化石

灰色长毛地毯

米黄色壁纸

大芯板造型
白混油饰面

米黄色地砖

暗藏灯槽

大芯板造型
白混油饰面

白色玻化砖

TIPS: 客厅墙面设计

在进行客厅墙面设计时，首先是确立一面主题墙作为重点，对其进行着重设计，而不应对所有的墙面都面面俱到地装饰。

主题墙可以运用各种装饰材料精心打造，其他墙面装修则可以相对简单一些。此外，墙面是客厅空间的重要组成部分，所以客厅墙面的色彩、图案、装饰材料的质地等方面都应该呼应室内的整体设计风格。

抽象版画 ----------

格纹壁布饰面 ----------

新爵士白大理石 ----------

蓝色花纹壁纸 ----------

黑色烤漆玻璃 ----------

白色玻化砖 ----------

┌---抽象装饰画   ┌---橡木地板

┌---白枫木饰面   ┌---胡桃木古窗

白色乳胶漆饰面

黑色乳胶漆饰面

装饰画组

蓝灰色地毯

TIPS: 客厅装饰技巧

　　选择客厅装饰品的种类、数量，悬挂的高度等都需要一些技巧和品味，同时也不能脱离客厅本身的条件。例如，艺术品的样式应符合客厅的整体装修风格，这样能使空间的氛围统一。艺术品的尺寸和悬挂的高度要与墙面比例和谐，若为中国画，立轴长度不能越过墙面高度的三分之二；若为西洋画，画框最大不能超过墙面高度的一半。艺术品的主色调选择要考虑墙面底色及光线因素。

灰色花纹壁纸

石膏板造型灰色乳胶漆饰面

赭石色花纹壁纸

菱形仿古地砖   欧式油画组合   白色乳胶漆饰面

大芯板造型白混油饰面   大芯板造型暗藏灯槽

┆- - - 胡桃木饰面板   ┆- - - 仿古地砖

┆- - - 抽象装饰画   ┆- - - 黑胡桃木饰面板

1. 补充光源：光源在立体空间里最能塑造耐人寻味的空间层次感，适当地增加一些辅助光源，能收到意想不到的效果。

2. 合理选择色调：背阴的客厅尽量少用一些沉闷的色调。由于受空间光线的局限，过于突出的色块会破坏整体的柔和与温馨感。漂亮的冷色调能够突破空间的沉闷感，起到活跃气氛并调节光线的作用。

3. 尽量增大活动空间：厅内摆放成品家具会产生一些空间死角，并且不容易达到整体色调协调。解决这一矛盾应根据客厅的具体情况，定做合适的家具，节约每一寸空间，使客厅的活动空间最大化，这样有利于光线的传播。

- - - 米色玻化砖   - - - 麻编地毯

- - - 大花地毯   - - - 红橡木木纹饰面板   - - - 金色壁纸

金线壁纸

长绒地毯

黑色乳胶漆饰面

金线壁纸

红色皮质软包

胡桃木造型

金色金属珠帘

灰色长毛地毯

茶色镜面玻璃

硬松木刷棕色漆

文化石

橘色纱帘隔断

木雕

灰绿色壁纸

客厅是家庭里聚会和招待朋友的重要场所，所以在装修中倍受重视。有的家庭追求所谓的体面，将客厅装饰得富丽堂皇，而忘记了这不过是生活空间的一部分，首先应该考虑的是舒适度，而不是豪华程度。尤其现在的住宅客厅面积普遍较小，因此在布置客厅的时候应将简约、舒适作为首要装饰原则。

---重蚁木木地板　　　---米黄色暗纹壁纸　　　---仿古地面砖　　　---松木实木地板

---洞石　　　---实木造型黑漆喷涂

中式屏风

乌木台面

实木梁

仿古地面砖

黄色乳胶漆饰面

松木实木板

爵士白大理石

- - - 大芯板造型白色混油饰面   - - - 白色玻化砖   - - - 凹凸纹柚木实木地板

- - - 金黄色壁纸   - - - 暗金色壁纸   - - - 红色立木拼花

TIPS：沙发软硬度的确认

　　沙发是客厅家具的重要组成部分，家庭成员、客人都在上面坐，使用频率非常高，所以其舒适度非常重要。沙发的舒适度主要取决于其软硬程度，太硬或者太软都会让人感到腰酸背痛，长期使用会对身体有害。

　　什么样的沙发是过硬或过软呢？通常情况下，如果坐在沙发上像感觉坐在硬木板上，就表明过硬；如果做下去的时候身体下陷太深，有做空的感觉，甚至感觉做到了沙发的底框，就说明沙发过软。

---米色乳胶漆饰面

---深灰色地毯　　　　---米色玻化砖

---黑胡桃木实木条　　　---棕红色长毛地毯　　　---金黄色暗纹壁纸

枫木饰面板开槽勾黑胶　　　　　　　　　　　　　　　　　条纹塑料地板

灰色麻纹饰面板　　　　　　　　水曲柳木纹饰面板

櫻桃木造型

彩色条纹地毯

抽象装饰画

米黄色皮质软包

红色长毛地毯

造型石膏板

沙比利饰面板

TIPS：大客厅空间的分区

　　1. 利用灯光、绿植来分区：通过灯光的设置和光影效果，或利用花架、盆栽等软隔断将大型客厅分隔成不同的区域。

　　2. 利用地面材质的不同来分区：采用不同材质或者同种材质不同颜色的地面铺装来划分不同的功能区域，如会客区铺设地毯，而走廊铺木地板或者地面砖等。

　　3. 利用吊顶形式的不同来分区：利用不同形式的吊顶来进行空间的划分，例如走廊采用低高度的吊顶，客厅采用二级吊顶等。

胡桃木木纹饰面板

硬松木实木地板

斜格地毯

仿古地面砖

乳白色纹理腻子

- 黄色乳胶漆饰面
- 樱桃木实木地板
- 松木实木方梁

- 枫木木纹饰面板
- 樱桃木实木地板
- 水银镜条饰面

大芯板造型暗藏灯槽 ----

---- 棕色长毛地毯

大芯板造型白混油饰面 ----

---- 青色纱帘

TIPS：避免大型客厅空间产生空旷感

　　大型客厅虽然活动空间比较大，但是装饰不当也容易产生空旷感，要避免这种感觉的产生就要依靠各种配饰的使用。比如把一幅大的装饰画换成一组小型装饰画，巧妙排列后，就会让墙面生动起来。

　　此外，地面上还可以选择色彩艳丽、图案抽象的装饰地毯，也会有强烈的装饰效果。绿色植物和四季花卉也是必不可少的装饰，还可以采用鹅卵石等来点缀客厅一角。

└---- 红色乳胶漆

└---- 麻灰纹壁纸

└---- 重蚁木地板　　　　└-- 实木造型内藏灯　　　　└-- 艺术壁纸外衬玻璃

艺术玻璃

淡藕荷色乳胶漆饰面

石膏板造型
白乳胶漆饰面

天蓝色乳胶漆饰面

艺术装饰画

樱桃木木纹饰面板

黑胡桃实木木线条

白色玻化砖

玻璃饰面
暗藏灯槽

红色纱帘

装饰画

黑色抽象花纹地

仿古地面砖　　　　　　　　古典服饰

TIPS：小客厅空间"增大"法

小客厅的设计应以紧凑实用、美观舒适为基本原则，要想把小客厅"扮大"，关键是在功能上和视觉上进行巧妙设计来获得效果。

一个传统的单人沙发加一个双人沙发的组合，是小面积客厅里最实用的组合方案。双人沙发摆放在与电视柜相对的方向，而单人沙发则摆在双人沙发的两个侧边。可以将单人沙发换成一个无脚的懒骨头沙发凳，这样可以根据需要随意移动位置。在挑选沙发的时候以长度在1.2米以内为宜。沙发建议选择脚比较矮的，以免挡住视线。如果要选布艺沙发，厚度要薄一些，这样会使沙发显得轻巧活泼。

╰--- 白色乳胶漆饰面   ╰--- 乳白色玻化砖

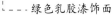

╰--- 绿色乳胶漆饰面

╰--- 金色花纹艺术玻璃

玫瑰图案壁纸

安娜米黄大理石

米色编织地毯

石膏板造型暗藏灯槽

紫青岩板石

奶油色和黄
棕色典雅而高
贵。这两种柔和
而温暖的颜色为
房间创造了温馨
的气氛。假如利
用一处台阶打破
地面的统一感，
再配上带有漂
亮软垫的别致椅
子，辅以典雅的
立柱，这种搭配
就会营造出带有
古罗马风格的客
厅氛围。

------ 淡赭色软包 　　　------ 沙比利饰面板 　　　------ 仿砖石壁纸

------ 爵士米黄大理石 　　　　------ 橘红色乳胶漆饰面 　　------ 棕色仿古地砖

松木实木方梁

青砖饰面

硬松木实木饰面

青石板

仿红砖壁纸

实木方梁

米黄色乳胶漆饰面

方格地毯

兽皮装饰

- - - 松木实木条密排 - - - 米黄色乳胶漆饰面 - - - 爵士白大理石 - - - 珊瑚红大理石柱

- - - 橘红色花纹地毯 - - - 亚克力珠帘软隔断

　　浅色、白色和灰色瓷砖一直是喜欢简约风格业主的首选。这些瓷砖的冷色调和坚硬质感更加突出了室内陈设品的柔和感。而黑色地砖不仅可以和其他色调形成对比，实际上还能表达出更丰富的内涵，具有独特魅力。

- - - 欧式油画　　　　　- - - 梨木实木饰面　　　　　- - - 石膏板造型白乳胶漆饰面

- - - 水曲柳木纹饰面板　　　　- - - 八厘透明钢化玻璃

---- 淡青色大花地毯 ---- 桃木木雕 ---- 深绿色乳胶漆饰面

---- 水银镜 ---- 爵士白大理石 ---- 浅灰绿色竖纹壁纸 ---- 立木拼花地板

-----柚木实木条广告钉固定　　　-----青色玻璃　　　-----白色乳胶漆饰面

-----浅色花纹地毯　　　-----黄色暗藏灯槽　　　-----枫木木纹饰面板

　　喜欢简约的都市风格又难舍悠闲的田园风格的人，可以试着将都市风和田园风做一次混搭，塑造出兼具都市和乡村两大特点的客厅空间。

　　做这种形式的混搭，房间内的家具色彩最好都选择素静的白色和木色，室内再添加一些绿色植物的装饰，即可拥有全新的舒适空间。需要注意的是混搭时颜色的选择很重要，组合在一起的家具要看起来和谐统一，可以在造型相近的基础上选择不同材质的家具或者在材质相近的基础上选择不同造型的家具。

红色乳胶漆饰面　　　　大芯板造型白混油饰面　　　　米色地毯　　　　黄色乳胶漆饰面

柚木实木地板　　　　枫木饰面板　　　　欧式油画

------红色乳胶漆饰面   ------枫木饰面板

------黄色竖纹壁纸饰面   ------白色地毯   ------樱桃木木纹饰面板   ------抽象花纹地毯

----红色花纹壁纸　　　　　　　　　　　　　　　----艺术印花玻璃

----黑白根大理石　　　　　　　----仿古墙面砖　　　　　　　----柚木饰面板

TIPS：混搭风格之现代与古典

现代和古典两种风格似乎相差甚远，要将两者结合起来可以在家具上做文章。将古典风格的家具作为一个体现品位的亮点与现代家具相互搭配，二者巧妙地融合在空间中。

为了让空间更具整体感，除了可以在色彩上加以协调外，也可以用一些小的装饰物来调和气氛。需要注意的是，追求简约的现代格调和古典气息相融合时，空间舒适度一定是必不可少的前提，一切都要以舒适感为前提进行组合，否则会事与愿违。

╰----石膏板造型绿色乳胶漆饰面

╰----黄色乳胶漆饰面

╰----金线米黄大理石饰面　　╰----枫木实木造型

╰----抽象装饰画　　╰----浅棕色乳胶漆饰面

文化石

仿古地面砖

暗藏灯槽

米色花纹壁纸

米黄色玻化砖

红色壁纸饰面

樱桃木实木地板

厚重色彩的靠垫搭配会给居室带来艳丽之感，其使用度非常高，无论是东南亚风格、现代风格还是古典风格，都可以使用艳丽风格的靠垫进行点缀。

用色彩布艺装饰空间，在颜色上要与整体空间相协调。色彩的使用最好多样化，至少使用2~3种厚重色彩布艺搭配在一起来营造出鲜明、独特的效果。可以穿插色彩相近、质地相近，但风格更加现代的风格布艺，以便营造出更加丰富、时尚的装饰效果。

- - - - - - - - - 铁艺壁炉门

- - - - - - - - - 兽皮装饰

- - -黑胡桃饰面板　　　　- - -暗金色软包　　- - -暗金色壁纸

--- 枫木饰面板   --- 石膏板造型白乳胶漆饰面   --- 藤条

--- 拉丝不锈钢   --- 黑色烤漆玻璃   --- 黑色长条地面砖勾白缝

　　淡雅色彩的靠垫比较适合优雅风格的空间，它可以与现代风格、田园风格和新古典风格的家居空间相搭配，它本身具有的图案、质地和色彩，都可以成为家居设计中的点睛之笔。

　　无论搭配哪一种家居风格，布艺的颜色都要浅淡，也可以发挥布艺颜色与图案的多选择性，将不同色系的布艺叠加使用，再搭配不同的花样，可达到更加出色的视觉效果。

┄┄黄色乳胶漆饰面　　┄┄车边水银镜拼花

┄┄石膏欧式装饰柱　　┄┄橘红色花纹壁纸饰面　　┄┄艺术玻璃

文化石

重蚁木实木地板

暗藏灯槽

石膏板造型
米黄色乳胶漆饰面

枫木饰面板

艺术玻璃

褐色花纹壁纸饰面

米黄色玻化砖

- - - 石膏板造型暗藏灯槽

- - - 三厘磨砂玻璃隔断

- - - 金色艺术浮雕板

- - - 枫木饰面板

- - - 暗藏灯槽

黄色暗藏灯槽

大芯板造型
白混油饰面

土黄色竖纹壁纸

TIPS：客厅装饰靠垫之闪亮色泽

　　有着闪亮色彩的布艺靠垫能散发出奢华的美感，通常是宫廷风格家居装饰中必不可少的搭配品。古典主义的家居风格与闪亮色泽的布艺相搭配更能体现出宫廷浪漫主义风格的高贵和奢华感，作为空间的点缀，选择带有金色元素的布艺更能呈现出华贵的效果，而闪亮的蓝色或者红色则能给人以艳丽而又时尚的感觉。

浅褐色仿古地砖　　　　深绿色乳胶漆饰面　　　　棕色编制地毯　　　　蓝色艺术壁纸